기획의 말

그리운 마음일 때 'I Miss You'라고 하는 것은 '내게서 당신이 빠져 있기(miss) 때문에 나는 충분한 존재가 될 수 없다'는 뜻이라는 게 소설가 쓰시마 유코의 아름다운 해석이다. 현재의 세계에는 틀림없이 결여가 있어서 우리는 언제나 무언가를 그리워한다. 한때 우리를 벅차게 했으나 이제는 읽을 수 없게 된 옛날의 시집을 되살리는 작업 또한 그 그리움의 일이다. 어떤 시집이 빠져 있는 한, 우리의 시는 충분해질 수 없다.

더 나아가 옛 시집을 복간하는 일은 한국 시문학사의 역동성이 드러나는 장을 여는 일이 될 수도 있다. 하나의 새로운 예술작품이 창조될 때 일어나는 일은 과거에 있었던 모든 예술작품에도 동시에 일어난다는 것이 시인 엘리엇의 오래된 말이다. 과거가 이룩해놓은 질서는 현재의 성취에 영향받아 다시 배치된다는 것이다. 우리는 현재의 빛에 의지해 어떤 과거를 선택할 것인가. 그렇게 시사(詩史)는 되돌아보며 전진한다.

이 일들을 문학동네는 이미 한 적이 있다. 1996년 11월 황동규, 마종기, 강은교의 청년기 시집들을 복간하며 '포에지 2000' 시리즈가 시작됐다. "생이 덧없고 힘겨울 때 이따금 가슴으로 암송했던 시들, 이미 절판되어 오래된 명성으로만 만날 수 있었던 시들, 동시대를 대표하는 시인들의 젊은 날의 아름다운 연가(戀歌)가 여기 되살아납니다." 당시로서는 드물고 귀했던 그 일을 우리는 이제 다시 시작해보려 한다.

기획의 말

그리운 마음일 때 'I Miss You'라고 하는 것은 '내게서 당신이 빠져 있기(miss) 때문에 나는 충분한 존재가 될 수 없다'는 뜻이라는 게 소설가 쓰시마 유코의 아름다운 해석이다. 현재의 세계에는 틀림없이 결여가 있어서 우리는 언제나 무언가를 그리워한다. 한때 우리를 벅차게 했으나 이제는 읽을 수 없게 된 옛날의 시집을 되살리는 작업 또한 그 그리움의 일이다. 어떤 시집이 빠져 있는 한, 우리의 시는 충분해질 수 없다.

더 나아가 옛 시집을 복간하는 일은 한국 시문학사의 역동성이 드러나는 장을 여는 일이 될 수도 있다. 하나의 새로운 예술작품이 창조될 때 일어나는 일은 과거에 있었던 모든 예술작품에도 동시에 일어난다는 것이 시인 엘리엇의 오래된 말이다. 과거가 이룩해놓은 질서는 현재의 성취에 영향받아 다시 배치된다는 것이다. 우리는 현재의 빛에 의지해 어떤 과거를 선택할 것인가. 그렇게 시사(詩史)는 되돌아보며 전진한다.

이 일들을 문학동네는 이미 한 적이 있다. 1996년 11월 황동규, 마종기, 강은교의 첫 시집들을 복간하며 '포에지 2000' 시리즈가 시작됐다. "생이 덧없고 허기질 때 이따금 가슴으로 암송했던 시를, 이미 절판되어 오래된 명성으로만 만날 수 있었던 시를, 동시대를 대표하는 시인들의 젊은 날의 아름다운 연가(戀歌)가 여기 되살아납니다." 당시로서는 드물고 귀했던 그 일을 우리는 이제 다시 시작해보려 한다.

존재의 놀이

문학동네포에지 024

이산하 시집

존재의
놀이

시인의 말

500년마다 한 번씩 스스로 향나무를 쌓아 불을 피운 다음
그 불길 속으로 뛰어들어 타 죽는 새가 있다면 믿겠는가.
그리고 그 잿더미 속에서 다시 어린 새로 거듭 태어난다면
또한 믿겠는가.
게다가 인간에 대한 최소한의 기대마저 버린 지 오래된 새라면
더욱이나 믿겠는가.
나는 믿는다.
그 '기특한 향나무새'가 내 가슴속에 살고 있으니까.
다만 500년이 50년으로 줄었으면 좋겠다.
그래도 10년이나 남았구나.

'첫 시집'인 듯하다.
1부는 내가 잔잔했던 최근(1998년 봄~1999년 봄)의 작품들이고
2부는 내가 출렁거렸던 약 20년 전(1977년 봄~1985년 봄)에 쓴 것들이다.
그 '잔잔함'과 그 '출렁거림' 사이가 멀리서 들려오는 천둥소리처럼
너무 아득하다.
벌써 가슴이 뜨거워져온다.

새가 또 향나무를 쌓는 모양이다.
이번엔 설마 예행연습은 아니겠지……

1999년 늦여름 양평에서
이산하

개정판 시인의 말

나 모르게 다녀간
상처 입은 소년의
발자국이 보인다.
발자국을 따라가다
길을 잃었다.

편집자와의 착오로
바뀐 시집 제목을
22년 만에
바로잡아 다행이다.

2021년 초여름
이산하

차례

2부

1부

사랑

망치가 못을 친다.
못도 똑같은 힘으로
망치를 친다.

나는
벽을 치며 통곡한다.

이름 없는 풀

풀밭 그 어디를 둘러보아도
어느 것 하나
자기를 뽐내지 않는다.
때가 오지 않는다고 해서
성급하게 아우성치지도 않았고
뿌리 없이 땅 위로 얼굴 내밀거나
줄기 없이 지 하늘인 양
열매 맺지도 않았다.

그 어느 것 하나
고르지 못한 땅을 탓하며
혼자 뿌리 뻗지도 않았고
아무도 보살펴주지 않는다고 해서
스스로 씨를 옮기며
떼 지어 함께 사는 것을
잊지도 않았다.

그래서 꽃밭에 앉으면
마음이 조급해지고
풀밭에 앉으면
마음이 넉넉해지는가보다.

지리산 천은사

문득 강이나 바다가 보고 싶어
지리산 천은사에 들르거든
법당 처마 끝 풍경에 매달려 있는
물고기를 보지 말고
부엌 위 맞배지붕 판자 끝에 붙어 있는
물고기를 보고 오너라.
그 물고기의 외눈으로 헤엄쳐 오너라.

날지 않고 울지 않는 새처럼

그동안 날지 않고 울지 않는 새처럼 살았다.
이제 날개는 꺾이고 목은 녹슬었다.
움직이지 않으니 움직이려고 애쓰는 힘마저 사라졌다.
바람처럼 이미 스쳐간 것들
아지랑이처럼 다시 피어오르는 것들
잊히지 않는 것만큼 괴로운 것도 없었다.
가슴속에는 모래가 쌓이고
그 사막 위로 낙타 한 마리가 묵묵히 걸어가고 있었다.
사막에 지쳐 쓰러져 있으면
독수리들이 날아와 내 살을 쪼아먹었고
이따금 악어 한 마리가 나타나
낙타의 혹을 떼어가기도 했다.

그랬다, 그것은 비명마저 삼켜버리는
척살 같은 세월이었다.
바람에 날려다니다 다시 제자리로 돌아온 모래알들은
밤새 서로 몸을 부비며 제 살을 깎고 깎더니
마침내 흩어진 한몸으로 아침을 맞았다.
모래는 허물어짐으로써 한몸이 되고
강물은 서로 생채기를 냄으로써 푸르러가는데
물방울이 모여 바다를 이루는 그 삼엄한 세월에도
내가 나를 놓지 못하고
내가 나를 붙잡아두지 못한 채

이제 저 강을 건너면 누가 나에게
저 푸르름에 대해 설명해줄까……
날지 않는 새처럼 나는 법도 잊어버리고
울지 않는 새처럼 우는 법도 잊어버렸는데
새라면 좋겠네.
날개 없이도 날 수 있는 그런 새라면
새라면 좋겠네.
목 없이도 울 수 있는 그런 새라면
아— 그러나
저 설명 없는 푸른 강이라면 더욱 좋겠네.

토지

햇빛 한 점에
살 한 점 떼어주고
바람 한 점에
밥알 한 점
떼어주고 나면
방안에는
소떼 발자국들로
가득찬다.
0.7평의 감방
날마다 나의 토지는
한없이 넓어간다.

열흘 붉은 꽃 없다

한 번에 다 필 수도 없겠지만
한 번에 다 붉을 수도 없겠지.
피고 지는 것이 어느 날 문득
득음의 경지에 이른
물방울 속의 먼지처럼
보이다가도 안 보이지.
한 번 붉은 잎들
두 번 붉지 않을 꽃들
어찌하여 너희들은
바라보는 눈의 깊이와
받아들이는 마음의 넓이도 없이
다만 피었으므로 지는가.
제 무늬 고운 줄 모르고
제 빛깔 고유한 줄 모르면
차라리 피지나 말지.
차라리 붉지나 말지.
어쩌자고 깊어가는 먼지의 심연처럼
푸른 상처만 어루만지나.
어쩌자고 뒤돌아볼 힘도 없이
먼지의 무늬만 세느냐.

고사목

바로 저기가 정상인데
그만 주저앉고 싶을 때
거기 고사목 지대가 있다.
무성했던 가지들과
푸른 잎들 떠나보내고
제 몸마저 빠져나가버린
오직 혼으로만 서 있는
한라산의 고사목들……
천둥 같은 그리움인 듯
폭설 같은 슬픔인 듯
죽어서도 썩지 않는다.

소 발자국

이름 없는 세상에
이름 없는 풀이 되거라.
나,
간다

어느 날 꽃잎도 통째로
뚝뚝 떨어지는 그 어느 날
소 발자국 따라……
거듭 말하거니
이름 없는 풀의 이름 없는 까닭을
알려고도 하지 말거라.

나,
간다

어느 날
물속도 다 보이는 그 어느 날
솔방울 따다가
솔가지 잡은 채
솔잎처럼 적멸의 길로 들어선다.
소 발자국 지우며……

쇠똥구리

소똥을 탁구공만하게
똘똘 뭉쳐
뒷발로 굴리며 간다.
처음 보니 귀엽고
다시 보니 장엄하다.
꼴을 뜯던 소가
무심히 지켜보고 있다.
저녁노을이 지고 있다.

악몽

어느 날부터 갑자기
악몽이 사라졌다.
난 이미
죽었는지도 모른다.

벼랑에 서서

벼랑에 서서 나무를 보지 않고
나무와 나무 사이를 본다.
낡은 것들과 새로운 것들 사이
문득문득 삶이 사소해 보이거나
그 사소한 것들이 삶의 전부로 보일 때
나는 밖으로 나간 나를 다 불러들여
저마다 동냥해온 죽음들을 나눠가지며
잔치를 벌인다.

그러나 내 안에는 내가 너무 없어
벼랑에서 일부러 발을 헛디디며
휘청거려보다가
발을 헛딛고 휘청거리는 바로
그 순간을 통해
나의 삶은 엉겁결에 죽음을 껴안는데

언제부터인가 벼랑의 나무들은
서로 조금씩 자리를 내주며
나뭇잎만한 사이를 겨우겨우 만들어
낡은 가지를 쳐내고
새로운 가지를 심는다.
벼랑에 서면 나무가 보이지 않고
나무와 나무 사이가 보인다.

파리

상처는 정면으로 보지 않으면
더 깊은 상처를 낳거나
또다른 상처를 낳는다.
나는 그것이 더 두렵다.

소파에 드러누운 채
신문지를 둘둘 말아
벽에 붙은 파리를
때려잡으며 배운다.
날개 찢긴 파리여
니가 나를 살려주는구나.

하늘의 밥상

아이들이 어지럽게 흘린 밥알처럼
내 삶도 저렇게 밥그릇을 떠나
자유로웠으면……

하늘의 밥상이여
내 피만으로도 한 상 차렸구나.

매화꽃이 보는 곳을 보라

나도 가끔은 매화처럼 살고 싶었다.
매화꽃이 보는 곳을 보고
매화 향기 가는 곳을 가고 싶었다.
다른 꽃들이 하늘을 올려다보며 필 때
매화처럼 땅을 내려다보며 피고 싶었다.
눈보라 속의 잎보다 먼저 꽃피고 싶었고
어둠 속의 매화 향기에 취해 나도
그 암향(暗香)을 귀로 듣고 싶었다.

매화나무처럼 열매 속에 독을 넣어
새들이 함부로 씨를 퍼뜨리지 못하거나
매서운 추위 없이 곧바로 새 가지에
열매 맺고 싶지도 않았다.
나도 가끔은 매화꽃처럼 일정한 거리를 둔 채
땅의 생채기에 단청을 하고 싶었다.

하지만 매화꽃이 보는 곳을 보다보면
매화 향기 가는 곳을 가다보면
나는 이미 하늘을 올려다보며
허공의 바탕에 단청을 하고 있었다.

물새

흐름을 멈춘 듯 물은 언제나 엎드려 있다.
그러나 조금씩 모양만 달라질 뿐
늘 앞으로 나아간다.
파도를 타는 물새들도
그 출렁이는 무늬와 빛깔에 현혹되지 않고
물결이 급하게 곤두박질칠 때는
살짝 몸을 띄웠다가 다시 내려앉아
천천히 강의 숨결을 짚어간다.

간혹 잘못 짚어 강의 흐름에 몸을 맡기되
그 흐름을 놓치지 않고
강의 깊이에 얼굴을 비추되
그 깊이를 섣불리 가늠하지 않으며
한 마리 고기를 잡기 위해
강물 속으로 들어온 빛의 굴절만큼
제 날개의 각도를 꺾을 줄도 안다.

물이 서서 온다.

생은 아물지 않는다

평지의 꽃
느긋하게 피고
벼랑의 꽃
쫓기듯 늘 먼저 핀다.
어느 생이든
내 마음은
늘 먼저 베인다.
베인 자리 아물면
내가 다시 벤다.

어느 여름날

어릴 때 우리집 앞마당에는
느티나무 한 그루가 있었다.
그 넓은 그늘 아래에서 나는
곧 쓰러질 듯한 팽이를 열심히 쳤다.
느티나무에는 매미 한 마리가 붙어
목이 찢어져라 노래를 부르고 있었고
그놈 등뒤에는 사마귀 한 마리가
살금살금 다가가 몸을 잔뜩 웅크렸다.
그런데 그 사마귀 등뒤에는
언제 나타났는지 참새 한 마리가
녀석을 잔뜩 노려보고 있었다.
느티나무 아래에서는 또 나보다
한 살밖에 더 안 많은 삼촌이
참새를 향해 새총을 겨누고 있었다.
나는 팽이의 등뒤를 더욱더 세게 쳤다.

살인 현장

칼로 마늘 다지듯
살을 저미는 아침 햇빛
시체 냄새를 맡고
스멀스멀 모여드는 벌레들처럼
마른 피 다시 말린다.
밤새 시를 쓰던
내 아침 책상 위에는
흘러내린 뇌수로 가득하다.

선운사 동백꽃

나비도 없고 벌도 없고
동박새뿐
그 동박새에게
마지막 씨를 남기고
흰 눈 위에 떨어진
한 치 흐트러짐 없이
통째로 툭 떨어진
선운사 붉은 동백꽃
떨어지지 않은 꽃보다
더 붉구나.

태풍의 눈

늘 그렇듯
생(生)의 깊은 곳은
움직임이 없어 보인다.
어린아이처럼
그 안을 훔쳐보다가
너무 환해
그만 눈이 먼다.
가끔 그 중심을
헝클어놓고 싶다.

실상사 가는 길

징검다리를 건너다가 문득
나는 돌 하나를 들어낸 다음
큰 절 앞의 작은 절처럼
그 자리에 들어가 앉는다.
누가 내 머리의 급소를
가만가만 밟고 간다.
절을 밟고 절로 가는 길
무게에 깊이를 더하는 자에겐
목을 숙여 등을 넓혔고
부피에 넓이를 더하는 자에겐
목을 세워 등을 깎았다.
절 위로 새 한 마리가 날아간다.
허공에 생채기를 내며 날아간다.
다음 새가 단청을 하며 날아간다.
나는 징검다리를 다 건너지 못하고
돌아선다.

나의 떨켜

나무는 잎을 떨어뜨리며 죽음을 연습하고
잎은 떨어지는 힘으로 삶을 연습한다.
헝클어진 뿌리들도 자세히 보면
그 얼마나 질서정연한가.
그 어느 잔뿌리 하나 쓸모없는 게 있던가.

사람이 죽으면 가장 깊은 정으로 맺힌 부위가
가장 먼저 썩는다지만 썩어서 나무들의 떨켜처럼
제 목숨의 무게만큼만 돋아나지 않더냐.
나는 내 몸에 돋은 떨켜를 모두 떼어내
나를 멸종시켜버린다.

아프리카 야생공원

시퍼런 하늘 아래 광활하게 펼쳐져 있는 아프리카의 한 야생공원. 사슴들이 연신 귀를 쫑긋거리며 초원의 풀을 뜯고 있다. 어미 척후병들은 사방을 둘러보면서도 바람 가는 방향의 숲을 예의 주시한다. 가까운 풀숲에 숨어 있는 하이에나들이 바람 부는 방향에 따라 조금씩 이동하고 마침내 바람에 실려 오는 사슴들의 냄새를 맡자 앞으로 소리 없이 접근한다.

멀리 숲속 그늘에 졸고 있던 암사자가 하품하며 천천히 몸을 일으키더니 초원과 풀숲을 쓰윽 훑어본다. 어디선가 바스락거리는 소리가 난 듯 한가롭게 풀을 뜯고 있던 사슴 한 마리가 귀를 쫑긋 세우며 흠칫하자 다른 사슴들도 일제히 고개를 들고 경계태세에 들어간다. 접근하던 하이에나들이 풀숲 아래로 일제히 몸을 낮추고 숨죽인 채 끈질기게 기다린다. 바람을 맞고 있어 냄새 때문에 거꾸로 사슴들에게 들킬 염려는 없었다. 그러나 바람이 거꾸로 방향을 트는 날이면 모든 게 허사로 돌아가버린다. 게다가 특히 사자들이 냄새 맡기 전에 작전을 끝내야 한다.

숲속에서 정탐하고 있던 암사자 한 마리가 구도를 잡으며 서서히 이동하고, 초원의 사슴들은 안심한 듯 다시 고개를 숙여 풀을 뜯는다. 마침내 집요하게 기다리고 기다리던 하이에나들의 사슴사냥이 시작됐다. 선봉대 하이에나의 울음소리를 신호로 일정한 간격으로 포위망을 좁

혀가던 하이에나들이 초원을 기습했다.

기습당한 사슴들은 우왕좌왕하며 어디로 뛸지 몰라 제자리에서만 껑충껑충 뛰더니 곧 선두를 쫓기 시작했다. 이때부터 하이에나들과 사슴들의 쫓고 쫓기는 숨막히는 추격전이 벌어졌다. 그러나 이 추격전은 그리 오래가지 못했다. 갑자기 숲속에서 암사자 한 마리가 나타나 하이에나들의 뒤를 추격했기 때문이다.

허를 찔린 하이에나들이 당황한 틈을 타 사슴들은 포위망을 벗어났다고 생각하는 순간, 이번엔 사자의 추격을 받기 시작했다. 하이에나가 사자로 바뀌었을 뿐이다. 그런데 사슴들은 도망가면서도 이상하게 동료 사슴 한 마리를 서서히 외톨이로 따돌리고 있었다. 하이에나들은 물러나고 외톨이 '왕따'는 얼마 못 가 사자한테 잡히고 말았다. 사자가 왕따 사슴의 목을 문 채 숨통을 조이자 부르르 떨던 사슴의 다리도 마침내 잠잠해졌다.

아프리카 초원에 다시 평온이 찾아왔다.

사슴들은 언제 그랬냐는 듯 한가롭게 다시 풀을 뜯고 멀리 숲속에서는 여전히 사자가 지켜보고 있었다. 하이에나들은 사자 때문에 좀처럼 공격하지 못하고 있었다. 사슴들은 조만간 상납할 '새로운 왕따'를 물색하느라 여념이 없었다.

덩굴식물

다른 나무를 감고 올라가다보면
온통 꼬인 삶뿐이다.
덩굴식물이여, 나를 감고 올라가거라.
오르다 지치면
내 마디에 앉아 숨을 고르고
더 오를 곳이 없으면
내 가지 타고 다른 나무로 가거라.
그래서 너의 생애가
풀어지지 않는 삶의 비애로 마감하더라도
더 오를 길이 없다고 다시는 내려오지 말거라.

부화

알 속에서는
새끼가 껍질을 쪼고
알 밖에서는
어미 새가 껍질을 쫀다.
생명은 그렇게
안팎으로 쪼아야
죽음도 외롭지 않다.

어긋나는 생

내 몸에 나 있는 흉터들
내 몸에 묻어 있는 먼지들
이런 것들이 불현듯 나를 일깨운다.
오늘 아침
그 먼지들 자세히 들여다보니
내 몸의 흉터 무늬와 너무 닮아 있었다.

아하,
세월을 상기시키는 것과
세월을 덮어버리는 것이
이토록 서로 맞물려 있다니,
어긋나는 생들이여
그 어긋남이 오히려 더 아름답지 않은가.

2부

등나무

어둠이 내릴 때마다
나는 거기 그쯤 이제 멈춰주지 않을까, 하고
지팡이로 하늘을 짚는다.
그러나 등나무 가지는 여전히 처마 끝을 지나
지붕 위로 올라가더니
슬쩍 한번 아래를 내려다볼 뿐
얼른 하늘을 향해 다시 기어오른다.

멀리서 어머니의 음성이 들려왔다.
나는 유리창에서 내려왔지만
어디에도 어머니는 보이지 않았다.
언제였던가,
나는 이마에 손을 짚은 채 안개 속을 더듬었지만
이 집에 어머니가 새로 살면서부터 지붕 한 모서리가
조금씩 허물어지기 시작했을 뿐
그 이상은 기억나지 않았다.

어느덧 나는 어른이 되어 나의 지팡이가
더이상 하늘을 짚을 수 없게 되었을 때
마지막으로 등나무 가지 하나를 쳐다보며
내 방문 열쇠를 꺼내 그 위로 힘차게 던졌다.
등나무 가지는 아직 예전의 그 어둠을 잊지 못한 듯
잠시 주춤했으나 난 얼른 고개를 돌렸다.
얼마 후 등나무는 죽었다.

꽃게는 내려오지 않을 것이다

몇 해 전에 아버지는 바다 밖으로
등나무 하나를 심어놓고 멀리 떠나버렸다.
물놀이 가신지도 몰랐다.
나는 어둠이 내릴 때마다 물을 주며 등나무를 키웠다.
등나무 그늘에는 언제나 꽃게 한 마리가 놀다 갔는데
그러던 어느 날 꽃게는 그의 머리 위로
등나무 줄기와 가지가 휘어져가는 것을 보았다.
그러나 등나무는 휘어지면서도 더욱 잎을 피워갔고
어둠은 등나무가 휘어지기 전에도 이미 내려와 있었다.

겨울이 오면 등나무 아래에는
잎이 없어도 그늘을 만드는 자들이 몰려와
지난 세월들을 이야기하곤 했다.
꽃게는 그동안의 아늑하고 포근했던 그늘을 버리고
거센 바람에도 흔들리지 않던 뿌리가
조금씩 조금씩 흔들리는 것을 느끼며
줄기와 가지를 타고 허공을 더듬으며 올라갔다.

등나무
등나무
세상에서 가장 넓은 그늘을 가진 나의 등나무
내 아버지의 등만큼이나 휘어져버린 허공이며
그 허공에서 뫼비우스의 띠처럼 길 잃은 꽃게 한 마리……

아버지가 돌아가신 건 그 이듬해였다.
해와 달의 가장 밝은 생각처럼
그것이 물인 것처럼……
꽃게는 이제 다시는 내려오지 않을 것이다.

겨울 포도밭

포도주 한 병씩 들고 할아버지와 나는 포도밭으로 갔다.
포도나무 뿌리는 아직도 바다로 뻗어 등대까지 이르고
그것은 지난해보다 더 크게 굽어 있었다.
저녁이 내릴 무렵 등대지기가 보내온 불빛 아래에서
우리는 포도주를 마셨다.
할아버지는 포도송이만 바라보며 따기를 멈췄던 예전처럼
조용히 병을 내려놓고 점점 깊어가는 어둠만 뚫어지게 보았다.
하지만 우리를 덮고 있는 이 어둠은
포도를 따기 전에도 이미 내려와 있었다고 말하고 싶었지만
나는 끝내 입이 열리지 않았다.
깊어가는 파도소리와 함께 어둠이 조금씩 짙어가지만
한동안씩은 아무것도 변하지 않았다.

내가 태어나기 전 그해 초가을
파도가 등대를 덮자 황소는 포도밭으로 달아났다.
황소 발자국만한 포도송이들이 터져
포도밭이 온통 발효시킨 포도주로 뜨겁게 달아올랐다.
물방울은 땀방울을 흘리고 땀방울은 핏방울을 흘려
포도나무 뿌리들은 서로 땅을 움켜쥔 채 소용돌이쳤다.
온종일 울어도 목이 쉬지 않는 어린아이처럼
할아버지의 흐느끼는 목소리 위로 무수히 잎이 내리고

그 잎 사이로 아이들이 촛불을 켜고 뛰어다닐 동안
나는 그의 기억의 강 끝에 이르는 푸른 물줄기의 방향을 돌려놓았다.
이제 겨울 포도밭은 불 꺼진 성당처럼 어둠 속으로 가라앉고
할아버지와 난 아직 조금 남은 포도주를 바다에 뿌린 다음
어둠 밖으로 걸어나오지만 결코 지난해의 그 어둠은 아닐 것이다.

구토 1

1980년 여름
이 세계는 터뜨려야만 하는 주전자 속의 물방울이었고
난 결국 터질 수밖에 없는 인간이 되어갔다.
뚜껑을 열고 덜그럭거리는 소리를 내며
혁명은 수증기처럼 피어올랐고, 거듭거듭 물방울이 터졌고
난 그 속에서 더이상 노래할 수가 없었다.
습기 찬 지하실에 유폐되어 있는 것만도 서러웠다.
공복과 공포가 날마다 찾아왔지만 찾아와 문을 두드렸지만
난 안에서 잠가버렸다.
꿈, 그래 꿈을 꾸었다. 그것밖엔 할 게 없었고
그런대로 그건 또 나를 마취 속으로 빠져들게 했다.
꿈에서 깨어날 때면 언제나 난 반쯤 죽어 있었고
아직 반쯤 살아 있다는 쾌감 때문에
그다음 날 또 꿈꾸지 않으면 안 되었다.
날마다 찾아오는 여자가 있었지만, 피를 섞으며 거듭 내가
죄수임을 확인하곤 했지만
꿈이란 참으로 절정의 한순간 그 헛소리에 지나지 않았다.
그러는 중에도 물방울은 끊임없이 내 몸에 달라붙었다.
숨막혀! 이 개새끼들아.

질식 직전에 이사를 했다. 1980년 겨울 한 평 남짓한 2층 병원
밤마다 낡은 입원실 천장으로 시퍼런 메스가 유령처럼 날아다녔고
그런대로 그곳은 곰팡이 냄새로 썩어가는 지하실보다는
차라리 숨이라도 쉴 만했다.
아침마다 장의사집 지나 구멍가게에 들러 마른 식빵을 사왔다.
그날은 관이 세 개밖엔 없었는데 그나마 하나는 낡은 것이었고
반쯤 뚜껑이 열린 나머지 두 개는
햇빛을 서로 퍼담으려고 삐걱거렸다.
곧 주인의 하품 소리가 들려왔고 난 얼른 돌아섰다.
손에서 빵이 떨어졌다.
'이번 겨울은 장사가 잘돼야 할 텐데……' 중얼거리며
다시 흙 묻은 빵을 주웠다. 그리곤 2층 냉방으로 돌아와
흙을 털고 마가린이나 잼을 발라 모래 씹듯 발악적으로 씹었다.
아침마다 틀어막지 않으면 안 되는 물방울 같은 이 구멍은 무엇인가.
이건 왜 내가 틀어막아주도록 기다리고 있는 건가.
입이 아닌 얼굴의 구멍인가.
구멍이 정말 구멍이라면 왜 막혀야 하는가.
그렇지 않다면 어느 사팔뜨기 철학자가 배설한 존재의

구멍?
개새끼, 그건 항문을 뒤집어놓은 것에 불과해!

애인도 살아 있지만 죽었고 어머니도 살아 있지만 죽었고
아버지도 살아 있지만 죽었다. 모든 게 멸종되었다.
항문은 점점 그 절박한 용도를 잊어갔다.
잠도 오지 않았고 꿈도 꾸어지지 않았다.
반쯤 죽을 수도 살 수도 없었던 1980년 겨울
머리카락은 낙하산병처럼 끊임없이 저승으로 추락했고
입속에서는 마늘과 양파와 밀가루 냄새로 끈적거렸다.
그건 이미 항문이었고, 하지만 참으며 이를 악물었던 1980년
그 참혹한 역사의 굴절처럼 이 세상은
수축과 팽창을 연기하는 거대한 항문에 지나지 않았다.
그건 수시로 나를 엑스트라로 집어삼켰다가
심심하면 길거리로 내뱉곤 했다.
서울역 광장, 물방울은 끊임없이 터졌고
그래도 난 할말이 없었다.
지배자도 피지배자도 할 것 없이 모두모두
이데올로기의 도매금으로 도살되고
허나 그건 모두 외상이었고, 모두 행복한 노예였고
'행복한 노예보다 의식 있는 노예가 낫다'는 말은
빛 좋은 개살구였고, 그 행복한 노예처럼

나는 방 속에 갇혀 다시 나를 감금시켜버렸지만
허나 삶이란? 죽음이란? 역사란? 흐흐흐……
이 웃기는 공범들의 집행유예는 언제나 끝날까?
하지만 공판은 언제나 다시 시작되었고
우리는 모두 '꿈 깨지 않았다'는 이유로 유죄였지만
익명의 벽 속으로 거세된 친구들은 우리들을 향해
이 개새끼들아, 웃지 말고 방구석에 처박혀 꿈이나 꿔!
아—
그러나 1980년 겨울
차라리 죽는 게 낫지 나에겐 차마 꿈꾸는 짓은 못했으니
꿈꾸면서 물방울처럼 숨쉴 수는 더욱 없었으니……

구토 2

아무런 모순 없이 나는 '나'라고 말할 수가 없다.
나일 수가 없는 난 날마다 어디론가 아무런 이유 없이 숨고 싶고
때로 벽 속으로 딱딱한 바위 속으로, 물속으로, 무덤 속으로
내 몸을 완벽하게 매장시키고 싶어진다.
이 세계를 지배하는 어둠
아무런 모순 없이 난 저 빛나는 하늘의 별일 수가 없다.
저 별을 따라 길을 걸을 수가 없다.
하지만 그건 늘 반짝일 거고 그 빛 나로선 잊지 못할 거지만
잊지 못할지라도 아무런 모순 없이 '나'라고 말할 수가 없다.
밤은 해결사처럼 열려 있었고 난 길 끝을 일으키며
창백한 그녀의 가슴속으로 달려갔지만
몇 개의 사막이 무덤처럼 나를 범람했지만
아무런 모순 없이 공중에 그물을 치듯 그렇게 함부로
이 세계를 분할시킬 수는 없었다.

아무런 아픔 없이 송추
그 눈 덮인 울대리 묘지를 난 오를 수가 없다.
느닷없는 이 가슴속의 파열, 마치 하늘까지 오를 것만 같고
아무런 장식 없이 달려오는 색 바랜 몇 그루 나뭇가지들

그 파열된 가슴속으로 몰려와 쓰러지던 저 하염없는 눈발
그 황홀한 채찍처럼 그녀의 머리카락을 빗질했던 바람도
이제 목을 비틀며 외마디 비명만 남긴 채 묘지 너머로 사라지고
고개 돌리면 어둠은 벌써 목덜미를 짓누르고 있음을
바라볼수록 무덤은 더욱 무덤인 채로 어둠과 공모하는데
벌판 건너 도봉산 바위처럼 더욱 캄캄해지는 무력한 어깨
허물어질수록 눈빛은 더욱 살기가 치솟지만 허나 곧 감겨오는 눈
뒷모습은 언제나 추악했고 앞모습은 언제나 참혹하기만 한데
어느 가슴이 이 헐벗은 울대리 묘지를 기어오르게 했는가.

결코 묻고 싶지 않은 지금, 하지만 난 가고 싶었고
창백한 그녀의 가슴속으로 송두리째
나를 파묻어 울대리 하늘까지 오르고 싶었고
거기서 잠시나마 조용히 잠들고 싶었고
그러나 아무런 모순 없이 내가 왜 나를 말할 수가 없는지
언제나 막다른 골목을 암시했던 창과 방패도
이젠 조립된 기호의 여백으로 밀려나고
그 기호를 지우기 위해 우리는 절벽을 기어오르고 있

었다.

아직도 이 절벽 앞에서 아무런 모순 없이
나는 나를 자유롭게 심판할 수가 없다.
언제나 자유롭게 이 세계를 심판했던 자들
난 내가 받았던 그 고통만큼 아무런 모순 없이 돌려주리라.

존재의 놀이 0

—꽃병에서 가장 중요한 부분은 그 속의 빈 공간이다

(사르트르, 『존재와 무』)

항아리 속에 항아리를 담는다.
그러곤 바깥 항아리를 깨버리고 또하나를 담는다.
다시 바깥 항아리를 깨버리고 또하나를 담는다.
세계는 부서질 듯 부서지지 않았고
나는 자꾸만 작아져갔다.
그 항아리 속에 그 항아리가 들어 있을 것 같은데
그 항아리 속에 다른 항아리가 들어 있을 것 같은데
자꾸만 나는 비어갔고 비어져간다는 건
이처럼 내가 비어 있을 수도 있다는 걸 느끼게 했다.

하지만 나는 항아리가 아니었고
또 그렇게 될 수도 없었다.
이따금
맨
발
로
뒤뜰 장독대 주위의 자갈과 모래를 밟으며
된장이라든가 고추장의 숨소리를 엿듣지만
그건 언제나 나에게 해독할 수 없는 신호만 보내올 뿐
이 세계의 입구는 점점 햇빛에 지워져갔다.
간혹 햇빛은 항아리 속을 비추어 나에게
그 밑바닥을 들여다보게 했는데, 거긴 이를테면
외계에서 방문한 우주인 하나쯤은 잠들어 있을 법도 했다.

그러던 어느 날
내가 햇빛에 지워지고 지워져 더이상 지워질 수 없을 때
마침내 그 우주인처럼 항아리 속에서
정말 세상모르게 잠들어버리고 싶었다.
잠이 오면 항아리 위에 항아리를 얹는다.
그러곤 밑의 항아리를 깨버리고 또하나를 얹는다.
다시 밑의 항아리를 깨버리고 또하나를 얹는다.
세계는 부서질 듯 부서지지 않았고
나는 자꾸만 작아져갔다.
그 항아리 위에 그 항아리가 얹혀 있을 것 같은데
그 항아리 위에 다른 항아리가 얹혀 있을 것 같은데
자꾸만 나는 비어갔고 비어져간다는 건
이처럼 내가 또다시 비어 있을 수도 있다는 걸 느끼게
했다.

존재의 놀이 1

해변의 테니스코트 혹은 원형감옥

그녀의 테니스 라켓이 대각선 방향으로 안개 속을 가르자 노란 테니스공이 가볍게 공중으로 뜬 다음 한번 힐끗 뒤돌아본다.(그녀, 테니스 선수의 차가운 얼굴의 경사면을 따라가다보면 딱딱하고 부드러운 두 개의 유방이 나타나 그것은 각자 원형감옥을 하나씩 장악하고 있는데, 그 위로 방금 매 한 마리가 숨차게 솟아오르고 있었다.) 하얀 유니폼이 안개 사이로 움직인다. 차가운 귓불은 머리카락의 측면부를 찌르며 날카롭게 밖으로 돌출되어 있고, 그것에 비해 표면에 달라붙은 작은 물방울들이 제공하는 가능성은 '안개상자'[1] 속으로 침투하는 노란 공들뿐만 아니라 그것을 뒤집어볼 수 있는 무정형성(無定型性)까지도 허용한다.

왜냐하면 지금 그녀의 머릿속에는 계속 그 공들이 쌓여가지만 다행히 그녀는 아직도 그것이 감옥의 죄수들임을 모르고 있기 때문이다. 과연 사과가 뉴튼 앞에 도달하듯 테니스공도 네트를 넘어 땅에 도달하겠는가? '과연 사과가 인간에게 먹히도록 신은 적당한 높이에 열리게 했는가.'[2] 이것이 오늘의 미션이다. 그러나 모든 존재는 언제나 이미 지난 존재이듯 테니스공이 날아가다 언제 갑자기 판단중지를 내려 소멸할지도 모른다.

하지만 그건 좀더 두고 볼 일이다. 노란 테니스공은 매처럼 눈에 불을 켠 채 천천히 공중을 보행한다(그러나 바람은 조금도 늦추지 않고 매의 주위를 소용돌이치며 서서히 위협을 가하는데, 여차하면 한순간 공포의 기슭으로 몰아붙일 기세다). 10미터 전방에는 네트가 몸을 잔뜩 움츠린 채 공을 주시하고 있다. 아직 경계선까지는 까마득한 거리. 그러니까 고도로 상승하는 물체의 거리는 시간의 제곱에 비례해 감소하므로 아직도 남은 여유는 충분했다.

아— 그런데 저 아래는 마치 잔잔한 바다 같군. 푸른 파도, 망설이는 듯 멈칫대는 듯 누워 있는 하얀 대리석의 방파제, 마치 내 실체 위로 타원형의 거대한 곤돌라를 한번 띄워보란 것 같군. 좋아, 그럼 먼저 지상을 향한 모든 문을 잠그고 달을 향한 문 하나만 열어놓으면 곤돌라는 방파제 위로 서서히 날아오르겠지. 물론 '카버라이트'[3]로 만든 문들이지. 그런데 계산된 상념에 젖어 있던 테니스공이 갑자기 무엇을 직감한 듯 속도를 줄이면서 네트와의 높이를 측정했다. 하강의 가능성은 희박했고 오히려 좀더 상승하지 않으면 안 되었다.(이때 매는 바람의 소용돌이를 벗어나려고 필사적으로 몸부림치고 있었다.)

K 혹은 물방울

타원형의 테니스코트 스탠드에서 사진을 찍는 K의 몸은 마치 먹이를 잡아채기 바로 직전의 날카로운 매의 발톱 같았다. 카메라의 초점은 오로지 공의 이동경로를 집요하게 추적하는 것이었다. 그런데 어느 순간 그의 몸이 점점 공처럼 안으로 말려들더니 스탠드 구석으로 굴러갔다. 조금씩 안개가 걷히고 그의 피사체는 역광을 받으며 안개상자를 통과한 노란 공에 고정되었다. 이것을 좀더 세련되게 표현하려면 무엇보다도 피사체를 지배하지 않는 적절한 배경을 찾아야 하지만 그럴 만한 백보드가 없었다(매는 바람의 중력으로부터 더욱 집요한 공격을 당해 날개 하나가 지상으로 떨어지며 날카로운 비명을 질렀다. 그러나 잠시 후 바람이 숨을 돌리며 방심하는 틈을 타 용수철처럼 튕겨올랐다. 공수가 바뀌자 매는 눈을 돌려 멀리 8㎞ 밖의 한 지점에 집중되었다. 아직 진화중인 바다의 물고기였다).

그래서 K는 피사체를 중심으로 물체들끼리 서로 형태를 보완시킴으로써 그 위로 떨어지는 빛을 더욱 부각시켰다. 그와 동시에 거친 실루엣을 만들기 위해 역광을 이용했다. 어느덧 공기의 작은 미립자들이 더욱 응집해 밀도를 높였는데, 그건 조금도 자신들을 해체할 생각이 없는 듯했다. 이때 테니스공이 호흡을 고르며 경계선까지의 거리를 측정하는 듯 잠시 멈칫했다. 그러면서 절반의 네트를 횡단한 자신의 모습을 미리 상상했다. 순간적인 행복감에 젖어들자 졸음이 밀려왔다. 그러나 금방 추락의 위험을 감지하고 위로 치솟았다.

K는 여기서 그가 예상한 장면보다 너무 빨리 위험한

상황에 직면해 두 개의 스냅으로 포착하지 않을 수 없었다. 하나는 테니스공이 순간적인 행복감에 젖어 막 졸음이 오는 순간이었고, 다른 하나는 별안간 그것이 하늘로 솟구치는 순간이었다. 전자는 단순한 측광만으로 가능했는데 후자는 인공광선이나 반사된 조명이 필요했다. 그래서 K는 먼저 반쯤 열려진 창문으로 들어오는 날카로운 빛과 그림자가 오히려 반사광을 위한 최상의 자연광으로 가능했던 것과 같이 반투명 거울 같은 노란 공 속으로 빛의 일부를 투과시켰다. 그 다음 안개상자 속에서 이완될 바로 직전의 미세한 물방울 형태처럼 그것을 열려진 그림자 속에 삼투시켜 의도적으로 흐려놓았다. 이 스냅에서 가장 중요한 것도 바로 그것이었다. 이제 외계(外界)를 모두 차단한 K의 눈은 스크린 밖으로 밀가루 반죽처럼 부풀어오르는 이 세계를 스스로 꿈꾸게 될 것이다. 그런데 빛은 절정의 가면을 쓴 채 너무 자신의 빛에만 취해 있었다……

극장 혹은 뫼비우스의 띠

내가 컴컴한 동시상영 극장문을 열며 바깥 세계로 발을 헛딛는 순간, 머리에 커다란 구멍이 뚫리면서 노란 공 하나가 튀어나왔다. 그건 마음먹기에 따라 조금씩 형태를 변형시키거나 해체하는, 아메바 같은 것이었다. 물론 제우스의 머리를 뚫고 나온 미네르바와도 다른, 먼 신화 속의 뜬구름 잡는 소도구 같은 것과도 다른, 다른 만큼 그것은 가장 분명한 하나의 사건이었다.

왜냐하면 그건 세계를 터뜨린 소리 때문이기도 한데, 그 소리의 파장은 공기를 마찰시키면서 정확하게 2등분으로 내 의식을 절단시켜놓았다. 이러한 상태, 곧 의식이 분열된 상태에서 내 균형은 당연히 해체되었고, 그리고 마침내 내 형체까지도 완벽하게 지워질 것 같은 그러한 공포감, 말하자면 욕망의 그 불투명한 대상에 휩싸이면서부터 난 발작적으로 늑골호흡을 하기 시작했다. 그리고 가능한 한 천천히 공기를 내쉬었다. 하지만 그것은 최대한 폐활량의 영역을 확장시키기 위한 비상조치였음에도 불구하고 내 육신은 중심을 잃은 채 계속 휘청거렸다.

내 이처럼 중심을 잃은 곳, 그곳은 존재의 무풍지대라 불리고, 그러나 그곳에서 만일 '나'라는 존재가 '나'로 인해 무심코 양말을 벗어던지듯 '나'로 진술될 수만 있다면, 진술된 그는 모든 시간의 욕망과 모든 욕망의 무의식과 모든 무의식의 존재와 모든 존재의 알리바이와 모든 알리바이의 함정과 모든 함정의 해체와 모든 해체의 우상과 모든 우상의 파괴와 모든 파괴의 반작용과 모든 반작용의 집착과 모든 집착의 소멸과 모든 소멸의 역사와 모든 역사의 단절과 모든 단절의 압제와 모든 압제의 혼돈과 모든 혼돈의 억압구조와 모든 억압구조의 해방과 모든 해방의 실체와 모든 실체의 침묵과 그 침묵의 바다 깊숙이 잠복한 의문은 뫼비우스의 띠처럼 끝없이 꼬리를 물고 거듭 나의 허상을 부정하며 양말처럼 뒤집어져 있을 것이다.

정중동(靜中動) 혹은 베케트

양말처럼 돌돌 말려 처음도 끝도 없을 것이다. 처음도 끝도 입구도 출구도 없는 형체불명의 그 세계 속에서 존재의 무풍지대, 더 정확하게 말하면 허상의 무풍지대, 그곳은 나의 실체를 뒤집도록 끝내 허용하지 않았다. 그래서 난 불시에 호흡을 딱 멈춘 채 자꾸만 흔들리며 하강하는 나의 몸통에 대해 수평이동을 시도했다. 왜? 내 몸은 아직까지 진공상태는 아니었기 때문이다. 아니기 때문에 모든 것은 이미 낙하하고 있었고, 아니기 때문에 존재란 피사의 사탑처럼 조금씩 기울어져갔고, 그렇기 때문에 그건 말라비틀어진 빵조각이나 다름없었고, 아니기 때문에 역사는 은폐할수록 더욱 더욱 비역사적이고, 그러므로 변증법은 대물렌즈 현미경의 물방울 관찰이 물방울 세포의 원자 하나만 남기듯 결국 사고행위 그 자체마저 소멸시켜버릴 것이고,

아니기 때문에 '시간과 공간에서의 생명의 수수께끼에 대한 해답은 시공 바깥에 있는'[4] 것이고, 아니기 때문에 언어라는 공을 붉은 리트머스 종이에 싸서 1000*cc* 시험관 속에 집어넣어 바짝 끓여 증발시켜버리고 싶었고, 아니기 때문에 언어를 다시 인큐베이터 속으로 넣어 병

아리처럼 부화시켜버리고 싶었고, 아니기 때문에 언제나 '없는 것은 없는 것이 받치고 있었고'[5], 아니기 때문에 루치오 · 폰타나처럼 캔버스를 물감 대신 칼로 찢는 것만으로 그림을 완성시켜버리고 싶었고, 아니기 때문에 내 몸이 공 속으로 사라지듯 공이 내 몸속으로 사라지듯 없는 것이 없는 것 속으로 사라지고 싶었고, 아니기 때문에 정중동(靜中動)의 엔트로피나 단종의 금표비(禁標碑)처럼

"자, 이제 그만 가지?
음, 그러지.
(그들은 움직이지 않는다.)"[6]

"東西 三百尺
南北 四百九十尺
此後泥生
亦在當禁"

그리고 그런 언어 이전의 한 경지에 대해 굳이 언어로 말해야 한다면, 아니, 오히려 그런 경지로 인해 '프로크루스테스의 침대'[7] 위에서 기꺼이 자발적으로 해체되고 조립되었던 것이 아닐까. 물론 해체되지 않더라도 고립된 섬으로 떠난 '시계장수처럼'[8] 시계를 팔면서 시간까지 끼워서 팔 수는 없었을 것이다. 아니 그렇다고 해서 원형감옥이 하나의 불완전명사인 시간을 동사화하지 않

는 건 아닐진대, 최소한 죽음을 품고 돌아가는 팽이의 구심력이나 원심력처럼 좌우대칭의 한 중심점을 애써 발견할 필요까지는 없었을지도 모른다. 이렇듯 난 아직 나를 전혀 몰랐고 앞으로도 모를 것이다. 너도 예외가 아니다. 우리는 아직 우리 스스로가 얼마나 참혹하도록 서러운 모순덩어리인지 모른다.

바벨탑 혹은 태양의 나라

그렇다. 난 지금 존재의 실체가 없는 바로 그 허상의 세계로 여행중이다. 중심이 없는 곳, 그곳으로 난 지금 나를 지우기 위해, 끊임없이 나를 매장하기 위해, 어느 곳이든 아니기 때문에 존재의 비상구로 탈출하고 싶고, 아니기 때문에 언어들끼리 서로 정교한 덫을 놓으며 진화해가는 생존투쟁이 가히 삼엄하기 이를 데 없고, 그 정교한 덫이 자꾸 소문을 퍼뜨려 인류는 결국 다시 바벨탑으로 기어올라갈 것이고,

아— 하지만 아니기 때문에 완벽한 진공은 있을 수 없고, 아니기 때문에 물질적 구조와 아주 흡사하게 공시적 균형을 이룬 사고의 패러다임도 애당초 자기분열 세포가 전제된 구조일 것인데, 더구나 난생(卵生)도 태생(胎生)도 아니기 때문에 더욱 그럴 것이고, 그러므로 구조란 세상이 난세의 위기일수록 꿈꾸는 자들이 더욱 활개치듯 언제나 역설적으로 구조화되어갈 뿐, 아니기 때문

에 'I think there where I am not, hence I am there where I think not'[9]……

아니, 그렇다고 해서 난 지금 '태양의 나라'로 여행 가서 캄파넬라처럼 인식론이나 존재론을 누설할 것도 아닌데 왜 공이 내 머리를 뚫고 튀어나온 것인지, 물론 그 천둥 같은 파열음으로 인해 절단된 내 의식 역시 내 한순간의 미필적 고의에 의한 오류이겠지만, 그야말로 정작 꿈꾸고 있는 건 내가 아닐까. 정작 바벨탑 꼭대기에 있는 언어의 피뢰침을 건드린 건 내 보이지 않는 손이 아닐까.

그러나 아니기 때문에 그 실체와 허상은 "그러는 중에 그런데, 그 손이, 흰 비둘기처럼 비상하며, 저 죽은 가얏고 위를, 춤추기 시작하자, 가얏고가 살아나는 아픔을 비명해대기 시작했다. 그것은 하나의 괴력으로서 내게 체험되기 시작한 것이다. 하나의 죽음이, 처음에 아주 느리게 살아나고 있었는데, 그때는, 가얏고 위를 나르거나 춤추는 손은 손이 아니라 온역이었으며, 청황색 고름이었으며, 광풍이었고, 그것이 병독의 흰 비둘기들을 소금처럼 흩뿌리는 것이었다. 내가 흩뿌려지는 것이었다.

그러며, 내가 저 소리에 의해 병들고, 그 소리의 번열에 주리틀려지며, 소리의 오한에 뼈가 얼고 있는 중에 저 새하얗게 나는 천의 비둘기들은 3월도 도화촌에 에인 바람 람드린 날 날라라리 리루 루러 러르르흐 흩어지는 는 는 는느 느둥 둥드 드둥 둥드 드도 도동 동 동도 도화 이파리 붉은 도화 이파리, 이파리로 흩날려 하늘을 덮고, 덮어 날을 가리고, 가려 날도 저문데, 저문 해 삼동 눈도 많은 강마을, 강마을 밤중에 물에 빠져 죽은 사내, 사내 떠 흐르는 강흐름, 흐름을 따라 중모리의 소용돌이 자진모리의 회오리 휘몰아치는 휘몰이, 휘몰려 스러진 사내, 사내 허긴 남긴 한 알맹이의 흰 소금, 흰 소금 녹아져서, 서러이 봄꽃 질 때쯤이나 돼설랑가, 돼설랑가 모르지, ……계면(界面)하고 있음의 비통함, 계면하고 있음의 고통스러움, 계면하고 있음의 덧없음이, 그리하여 덧없음으로 끝나고, 한바탕 뒤집혔던 저승이 다시 소롯이 닫겨버렸다.

손은 그래서 다시 손으로, 오동나무 공명관은 다시 오동나무로, 겨울에 죽은 한 마리의 까마귀처럼, 흰 벌에 누워버렸는데, 거기 어디에 그런 괴력스러운 산조(散調)가 사려넣어 있었던지 그것은 알 수가 없었다. 그것은, 삶의 전 단계를, 생명이 당하는 괴로움의 온갖 맛을, 말세까지의 한바탕 흐름의 전 물굽이를 한마당 휘몰아친 가락에 담은 것이어서, 그것이 소롯이 잠들었을 때, 나를 울게 했다."[10]

그러나 그 소리의 압력을 10 또는 3.16의 인수로 설명될 수도 있겠지만, 또한 직계구조의 한 예로서 카본 14의 방사성 붕괴를 나타내줄 수도 있겠지만, 아니, 물론 그러할 테지만 그러나 아니기 때문에 박상륭에겐 죄송스러운 일이지만 아니 그건(여기서는 분명한 사건의 노란 공) '마른 늪의 물고기'로[11] 진술(그러나 실은 아직도 난 양말처럼 뒤집어져 있는 상태인데)될 것이지만, 그리고 아니기 때문에 '유리(羑里)'로 삽입된 한 잡승의 보이지 않는 '하초(下草)'일 테지만, 그러나 아니기 때문에 그것은 천체의 궁륭 속에 갇혀 광대처럼 줄을 타겠지만, 동시에 사뿐히 낙하해 눈뜨고 보면 그건 한 폭 아름다운 낙법이겠지만, 아, 그러나 그것 역시 아니기 때문에 사실 난 지금 저 공이 유리의 마른 늪 속으로 떨어져 물고기나 되어 한 잡승의 낚시에 매달려 올라왔으면, 하고 은연중 바라고 있는지도 모른다.

문지방을 두드리는 지팡이 혹은 판단중지

아닐지라도 '두 양극을 가진 타원형'[12]의 원리란 마치 공기 속을 질주하는 노란 공의 그 변형된 모습처럼 바로 그런 게 아닐지. 아마도 그럴 것이다. 왜냐하면 이처럼 물 샐 틈 없는 한순간의 고의적인 오류에도 불구하고 그것은 이제 더이상 공중에 무덤을 팔 수는 없다는 판단 아래 무풍지대에서(비록 양말은 잠재적 욕망에 충혈돼가고 있으나) 나무 이파리처럼 쌕쌕 숨을 몰아쉬고 있었기 때문이다. 그런데 놀랍게도 그때 어떤 물체가 내 뚫린 머릿속으로 들어오는 것이었다. 노란 공의 회귀였다. 뚫린 구멍이 닫히자 숨이 가빠오기 시작했다. 검푸른 바다의 반사광, 빛나는 백사장의 경사면을 따라 미끄러지는 붉은 핏방울과 살인적인 뙤약볕. 갈가리 찢어진 해변의 고기 시체들과 악취, 핏발 선 매의 관자놀이, 그 신중하고 집요하고 날카롭고 유연한 발톱,

나는 지상의 먹이
나는 감옥의 죄수
아주 폭발하고 싶어
아주 죽고 싶어
저 매의 부리가 무서워
저 포식자가 두려워
숨막혀
숨통이 막혀!

누가 말했나. '인간은 숨을 잘 쉬게끔 만들어져 있다'[13]고, 개새끼. 또 누가 말했나. '수증기가 된 상태에서 과연 노래할 수 있겠느냐'[14]고, 망할 놈. 하기야 그럴지도 모르지. 그렇지만 숨쉰다는 것, 수증기가 된다는 것, 그건 그런 게 아니지. 마음먹기에 따라 증발해 해체되는 결코 그런 게 아니지! 개 같은 세상, 감옥 같은 세상. 이럴 땐 차라리 해탈이라도 해버려야지. 토함산 같은 데 올라가 해를 품고 탈해처럼 바위로 둔갑해버리는 요요한 해탈을~! 하지만 그것도 결국은 '미진'[15]이나 다름없겠지. 그럴 바엔 차라리 와선하는 셈치고 잠이나 자는 게 더 나을지도 모르지. 그것도 역시……

내가 극장에서 나와 해변의 테니스코트로 갔을 때 그녀의 테니스공은 이미 네트를 넘어 멀리 날아가고 있었다. 목적지가 얼마 남지 않았다. 나는 낙하지점을 예상하며 숨을 죽였다. 그런데 바로 그 순간 날아가던 테니스공이 갑자기 멈추더니 아래로 뚝 떨어지며 외쳤다.

"아— 그래, '나'라는 존재는 공일 뿐이야. 단지 이 세계 속의 조그만 하나의 노란 고무덩어리에 불과해!"

그 절규는 이내 공이 바닥에 부딪혀 '문지방을 두드리는 지팡이'[16] 같은 소리에 묻혀버렸다. 서두에 우려한 대로 모든 존재는 언제나 이미 지난 존재여서 갑자기 스스로 판단중지를 내릴지도 모른다고 했는데, 그렇게 되고 말았다. 생각할수록 세상은 참 알다가도 모를 일이었다. 안개상자 속의 물방울처럼……

1) 안개상자: 1911년 영국의 물리학자 윌슨이 기체 중에 맺히는 물방울을 보고 이 안개상자(cloud chamber)의 원리를 생각해낸 것인데, 즉 전기를 띤 어떤 입자도 기체 속을 달리면 그 달려온 궤도에 따라 많은 이온을 만들게 된다는 사실에 기인하고 있다. 그 상자 속의 기체가 팽창으로 인해 수증기로 과포화 상태에 있다면, 이 이온 주위에 응집한 작은 물방울을 형성하기 때문에 입자가 지나간 경로에는 비행운과 같은 가느다란 물방울선이 나타나게 된다(가모브, 『미지의 세계로의 여행』).

2) "사과가~ 했는가.": 박상륭, 『죽음의 한 연구』.

3) 카보라이트(Cavorite): 지구 중력을 차단할 수 있는 반중력물체이며 중력이 투과되지 않기 때문에 이 위에 놓인 것은 모두 질량을 잃어버린다. 즉 전기와 초전도 방사장치를 응용할 경우 지구의 자연적인 중력장 자체로부터 무한 에너지를 끌어들이는 '중력 추진력'의 꿈이 가능해진다. 이런 꿈은 이미 '투명인간'으로 유명한 영국의 공상 과학소설가 웰스의 소설 속에서 '카보라이트'라는 물질로 개념화되기도 했다.

4) "공간과~ 밖에 있는": 비트겐슈타인, 『논리철학연구』.

5) "없는~ 있다.": 송욱, 『하여지향』.

6) 사무엘 베케트의 『고도를 기다리며』에서 에스트라공과 블라디미르의 마지막 대사.

7) 프로크루스테스의 침대: 그리스신화에 나오는 강도로서 사람을 침대의 크기에 맞게 자르거나 늘임.
8) 시계장수: 로브 그리예 장편소설 『변태성욕자』의 주인공인 시계 외판원.
9) "I think~ think not": 자크 라캉.
10) "그러는 중에~ 울게 했다.": 박상륭, 앞의 책.
11) "마른~ 물고기": 박상륭, 앞의 책.
12) "두~ 타원형": 박상륭, 앞의 책.
13) "인간은~ 만들어져 있다.": 가스통 바슐라르.
14) "수증기~ 있겠느냐.": 폴 발레리.
15) 미진: 『홍루몽』에 나오는 주인공이 여자와 함께 환상세계인 태허환경에서 하룻밤을 지내고 다음날 아침 악마들의 거점인 어느 암흑 계곡에 가는데 그곳이 '미진'이다. 그런데 태허환경의 입구에는 이런 글귀가 걸려 있었다. "거짓을 진실로 생각하면 진실도 거짓이다. 무(無)를 유(有)로 생각하는 곳에서는 유 또한 무이다."
16) "문지방을~ 지팡이": 후설은 플레스너에게 자신은 언제나 현실을 추구해왔다고 말하면서 '의식의 지향성'과 그 성취를 구체적으로 입증하기 위해 산책 지팡이로 문지방을 두드려 보였다(반 퍼슨, 『현상학과 분석철학』).

존재의 놀이 2

—항아리를 만들기 위해 우리는 진흙을 반죽하지만
그러나 실제로 쓰이는 부분은 항아리 속의 빈 공간이다
(노자, 『도덕경』 제11장)

항아리를 빚으면서 나는 항아리처럼 비어 있는 꿈을 쓴다.
사람이란 어떠한 일이 있더라도 조금씩 자기를 비워둘 줄 알아야 한다.
그래야 가득찰 수 있지 않은가.
하지만 그것을 굶주림이나 꿈으로 생각해서는 안 될 터인데
어느 날 그는 항아리를 빚자마자 곧 죽어버렸다.
그는 이미 죽을 나이만큼 늙어 있었던 것이다.
그런데 관은 이미 완성된 항아리의 죽음을 마중 나오고 있었다.
그의 죽음이 분명했음에도 아무도 믿으려 하지 않았다.
모두들 어지간히 살고 싶었던 모양이었다.
내 어릴 때 감히 그 항아리의 구멍을 넘볼 수 있었던 것도
고개를 조금씩 들이밀며 마침내 사닥다리를 타고 내려간 것도
모두가 내 몸속에 자라는 이 빈 항아리 때문이었다.
하지만 지금도 그럴 수 있을까.
없을 것이다. 없을 게다. 없……
항아리의 구멍이 하늘로 덮여 있다는 건 사실이다.
또 항아리가 비어(뚜껑이 열린 상태를 말하는 게 아니

다) 있다는 게
이토록 나를 숨막히게 한 것도 사실이다.
하지만 그것이 비어 있다는 건 결국 비어 있지 않기 위해서다.
라고, 생각하는 것은 큰 잘못이다
왜냐하면 항아리는 언제나 무로 가득차 있으므로.

아버지가 돌아가셨을 때 난 두 개의 항아리를 마주보게 했다.
그들은 서로의 죽음을 빨아들여 자신의 빈 구멍을 틀어막겠다는 듯
수축과 팽창으로 구멍은 연방 커다랗게 벌름거리고 있었는데
그 순간 내 입에서는 항아리 뚜껑이 날아갈 만큼 폭소가 터져나왔다.
그게 주전자 속의 수증기였다면 하늘은 아마도 더욱 아찔했으리라.
그리고 내일은 지구가 한 바퀴 더 돌 것 같다.

항아리야, 항아리야
잠들어 잠
어서 숨을 죽여!

그리고 나는 잠든 항아리의 그 구멍 속으로 몰래몰래

들어가 어머니 대신
항아리 야— 하고 숨죽여 불렀다.
하지만 그 속에서 난 항아리보다 내가 더 비어 있음을 깨달았고
그래서 내 몸속의 보이지 않는 항아리보다 더 큰 구멍을 가진 건
이 세상에 아무것도 없다, 라고 함부로 단정해버렸다.
항아리, 넌 죽음에 취한 구멍을 하늘로 열어놓고 있으니
아무래도 내가 도망갈 곳은 거기밖엔 없구나.
아아, 온통 죽음으로 가득찬 숨구멍이여!
마치 나를 송두리째 삼켜버릴 것 같구나.
그리하여 내 얼마나 너의 빈 구멍을 막아버리고 싶었던가.
컴컴한 그 두렵고 소름 끼쳤던 우물가를 돌며돌며
한없이 빨려들어갈 듯 얼마나 가슴 졸이며 그 속을 내려다봤던가.
어둠 내릴수록 그건 더욱 커져 마침내
내 발목과 머리카락을 잡아당기는 순간 난
숨,
막,
혀!
겨우겨우 어머니를 부르곤 했는데,
그러나 이제 내가 할 일은 오직 하나
항아리를 거꾸로 세워놓고 어머니의 자궁 속으로

한없이 도망가는 것뿐…… 한없이……

아직도 난 항아리 앞에서만은 정원사가 될 수 없다.
하지만 그 안에 꽃이나 물이 담겨 있다면
차라리 나는 정원사를 포기하리라.

문학동네포에지 024
존재의 놀이

1판 1쇄 발행 1999년 8월 30일 / 1판 2쇄 발행 1999년 10월 10일
2판 1쇄 발행 2021년 7월 31일

지은이—이산하
책임편집—유성원
편집—김민정 김필균 김동휘 송원경
표지 디자인—이기준 백지은
본문 디자인—유현아
마케팅—정민호 김도윤
홍보—김희숙 함유지 김현지 이소정 이미희 박지원
제작—강신은 김동욱 임현식
제작처—영신사

펴낸곳—(주)문학동네
펴낸이—염현숙
출판등록—1993년 10월 22일 제406-2003-000045호
주소—10881 경기도 파주시 회동길 210
전자우편—editor@munhak.com
대표전화—031-955-8888 / 팩스—031-955-8855
문의전화—031-955-3576(마케팅), 031-955-8865(편집)
문학동네카페—cafe.naver.com/mhdn
트위터—@munhakdongne
북클럽문학동네—bookclubmunhak.com

ISBN 978-89-546-8004-2 03810

www.munhak.com

문학동네